上海三联书店

图书在版编目（CIP）数据

冰琴堂吟稿 / 马双喜著 .-- 上海：上海三联书店，2017.5

ISBN 978-7-5426-5909-5

Ⅰ．①冰… Ⅱ．①马… Ⅲ．①诗集—中国—当代
Ⅳ．① I227

中国版本图书馆 CIP 数据核字（2017）
第 094611 号

冰琴堂吟稿

马双喜　著

责任编辑 / 陈启甸
装帧设计 / 薛　珂
监　　制 / 李　敏
责任校对 / 马彦桢
出版发行 / 上海三联书店
（201199）中国上海市闵行区都市路 4855 号 2 座 10 楼
印　　刷 / 上海锦佳印刷有限公司

版　　次 / 2017 年 5 月第 1 版
印　　次 / 2017 年 5 月第 1 次印刷
开　　本 / 889 × 1194　1/32
字　　数 / 75 千字
印　　张 / 5.125
书　　号 / ISBN 978-7-5426-5909-5/ I · 1240
定　　价 / 49.00 元

馬雙喜，1956年生于上海。師從全國名家周志高先生。現爲中國美術家協會會員、上海市美術家協會會員、中國書法家協會會員、上海市書法家協會主席團委員、篆隸專業委員會副主任、楷書專業委員會副主任、上海詩詞學會會員、上海市文史館書畫研究員、上海市政協書畫院特聘畫師、上海寶山書法家協會主席、上海寶山美術家協會副主席。

國畫：曾在中國美協主辦展覽中3次獲獎，4次入展。書法、篆刻：曾在中國書協主辦展覽中3次獲獎，18次入展。2015年6月在上海朵雲軒舉辦馬雙喜書畫印個人展，《馬雙喜書畫印作品集》同時由上海人民美術出版社出版發行。

序

吟來皆是性情

潛堂

與書畫印名家、詩者馬雙喜兄相識未幾，竟也似經年老友般相契，大抵因了喜歡詩文之故，互相引為同道中人了。相識便是一種緣分，能夠相知更是一種歡喜了。

觀雙喜兄之書畫印創作，皆出己意，汲取傳統而與時代相呼吸，融合自身性靈之審美精神所在，迥然不群，便有了一番藝術個性強烈的自家面貌，在全國書畫之各項展覽中屢屢獲獎，成就藝界一番佳話。近年來，雙喜兄致力於舊體詩詞之學習創作，延書畫印三絕之創造精神，見賢思齊，求詩道之進取，既為涵養中國書畫印之境界深入，更為其所存之詩心耿耿如塊壘，不吟不快，不吐不伸，故而雖無意于作詩人，究竟還是一個詩人身耶。

雙喜兄斯集所收之百餘首詩，為其歷年吟得所披沙瀝金者也，故誦讀之際，頗見詩人性情所在，或詠日常生活之幽美，或賦麗花佳卉，高吟神州河山壯麗之美，唱誦國家之興盛，作名家、偉人之頌，詩風存清健之遠，煉字講究，遣句頗見其畫家之造景妙得本事。其五絕多有妙句，也得唐人趣味；所作七絕最多，大抵亦是其喜歡所在，故亦多有情趣之吟得；其律詩，毋論五言或七言，皆守古制合詩轍，多有古意所在焉。

詩書畫印，前輩大家如吳昌碩、齊白石等皆有此等藝術手段，今世文化凋零之後雖獲漸興景象，能書者、能畫者、能印者亦不少，甚或書畫兩兼、或書畫印三兼者有之，然所為者書之、題句竟多錄前人詩詞，未嘗見有自己所能之詩詞佳句，良可歎之；倘能"詩書畫印"四者俱者，更稀之又稀，今得誦讀雙喜兄積年所得詩集《冰琴堂吟稿》，亦多生感慨矣。

我輩亦雖為墨客，謬作文人，然亦深知作詩人之艱辛，得佳句之若狂，各有說情狀，各有歡喜之所在矣。雙喜兄命為序，卻之不恭，遂贅語如許應之，大抵亦生更多之歡喜心耶。

歲次丁酉春日於滬上

目录

卷首　自作題畫題書詩

卷一　五絕　26

目录

千峯一潭　180cmX68cm

朽株翠影碧苔荒，恣縱交柯旖旎光。
千尺石潭波泛漾，蒼茫谷澗白龍藏。
——自作題畫詩

朽槎翁 氘醤 雀荒 恐旋 玄荆 诸缝 元八头 石溥 溦

【冰琴堂吟稿】

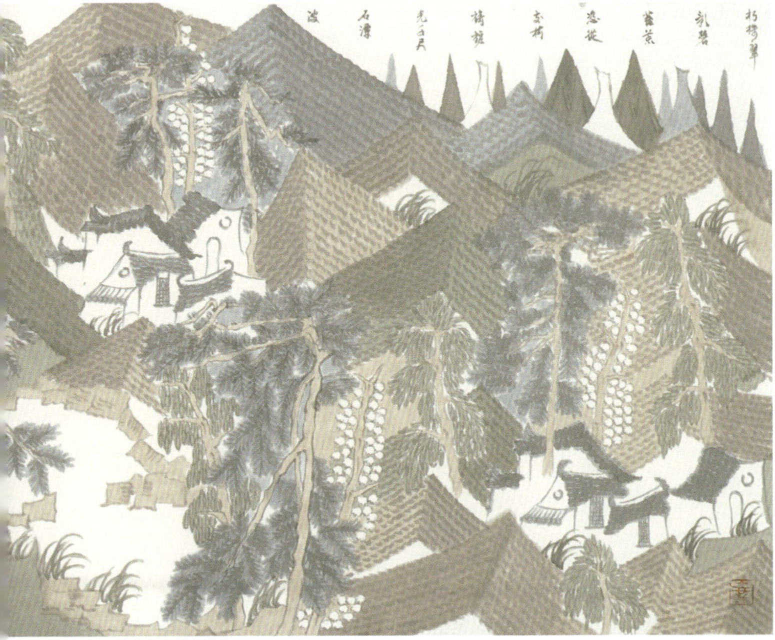

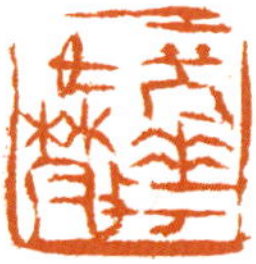

【冰琴堂吟稿】

層巒疊翠入雲霄，猶若江波泛綠潮。禾稼梯田蒼上慰，傍邨煙裊裕盈饒。——自作題畫詩

山寨疊翠　180cmX178cm

湖心亭　68cmX68cm

垂柳欄邊水碧環,刊江名勝似僊寰。
煙綃翠幕啼鶯語,猶念蕭聲玉女鬘。
——自作題畫詩

登文峯塔　50cmX120cm

文峯塔上問三亭，南麓灣前險過經。遠眺山嵐飄渺影，猶嘆逸興入滄溟。——自作題畫詩

牡丹　68cmX35cm

東風昨夜動僊容，魏紫姚黃五月逢。
問道相歡何所爲？醉傾人間寫奇峯。

——自作題畫詩

東风昨夜动仙容
载荼蘼茨
五月连

【冰琴堂吟稿】

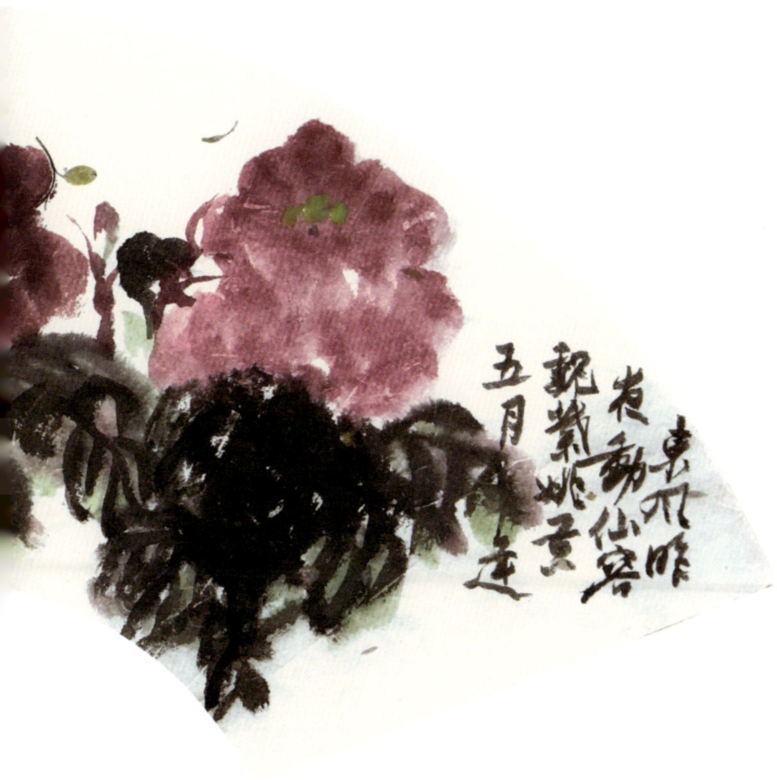

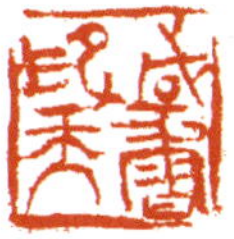

【冰琴堂吟稿】

殘陽惜港灣，雲靜晚霞閑。海天齊藍色，鷗盟伴舞還。——自作題畫詩

天高溪深　186cm×196cm

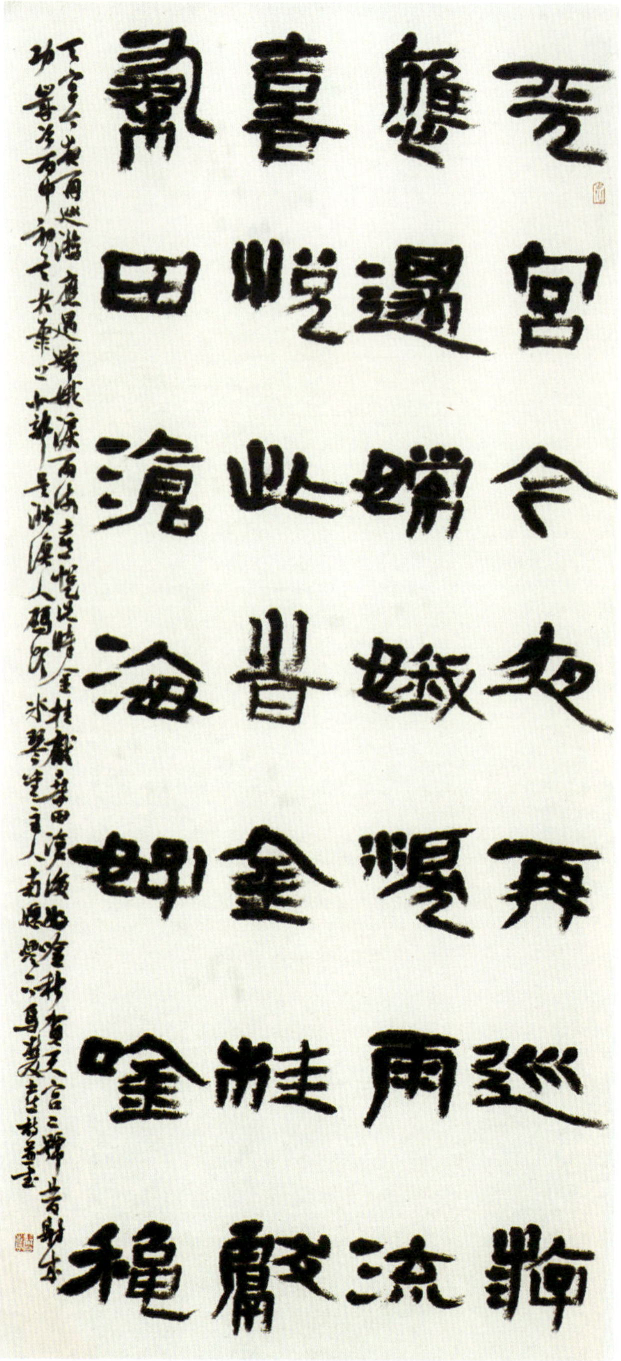

天宫今夜再巡游，應遇嫦娥淚雨流。喜悦此時金桂獻，桑田滄海好吟烁。

自作詩　178cmX80cm

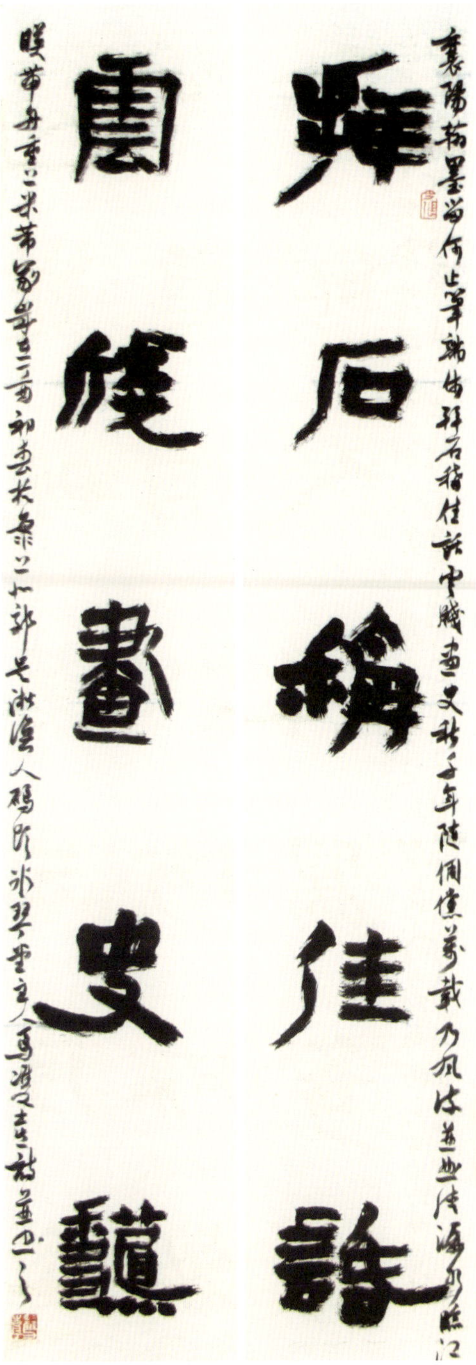

自作詩　178cmX80cm

襄陽翰墨留，何止筆端休。拜石稱佳話，雲箋畫史烌。
千年隨倜儻，萬載乃風流。並曲清潺水，臨江暎帶舟。

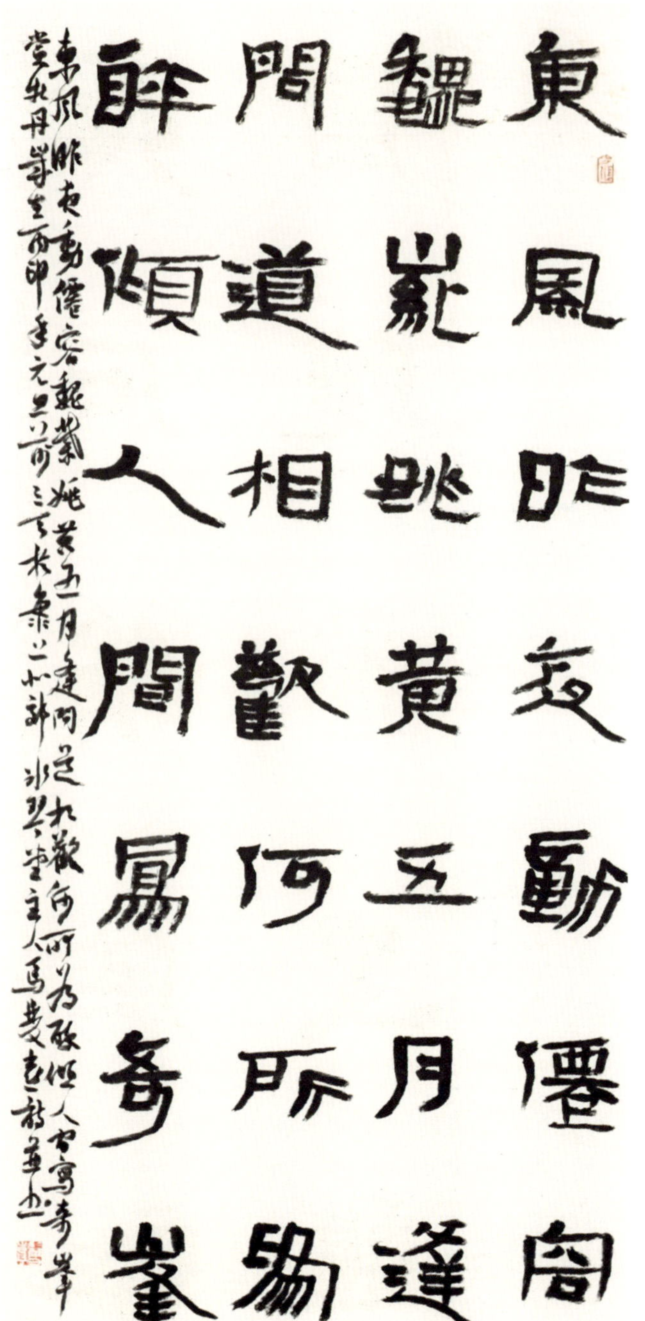
東風昨夜動僊容
魏紫姚黃五月逢
問道相歡何所爲
醉傾人間寫奇峯

東風昨夜動僊容，魏紫姚黃五月逢。問道相歡何所爲？醉傾人間寫奇峯。

自作詩　178cmX80cm

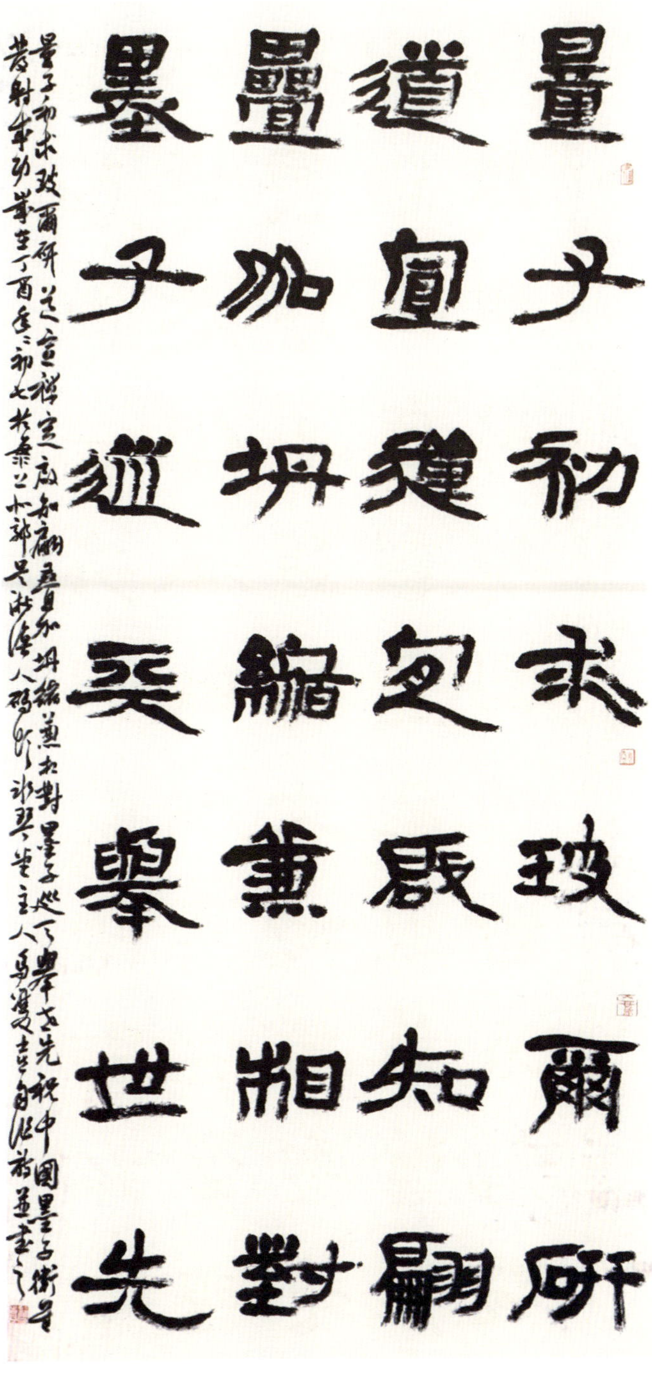

自作詩　178cmX80cm

量子初求玻爾研，道宣禪定啓知翩。疊加坍縮兼相對，墨子巡天舉世先。

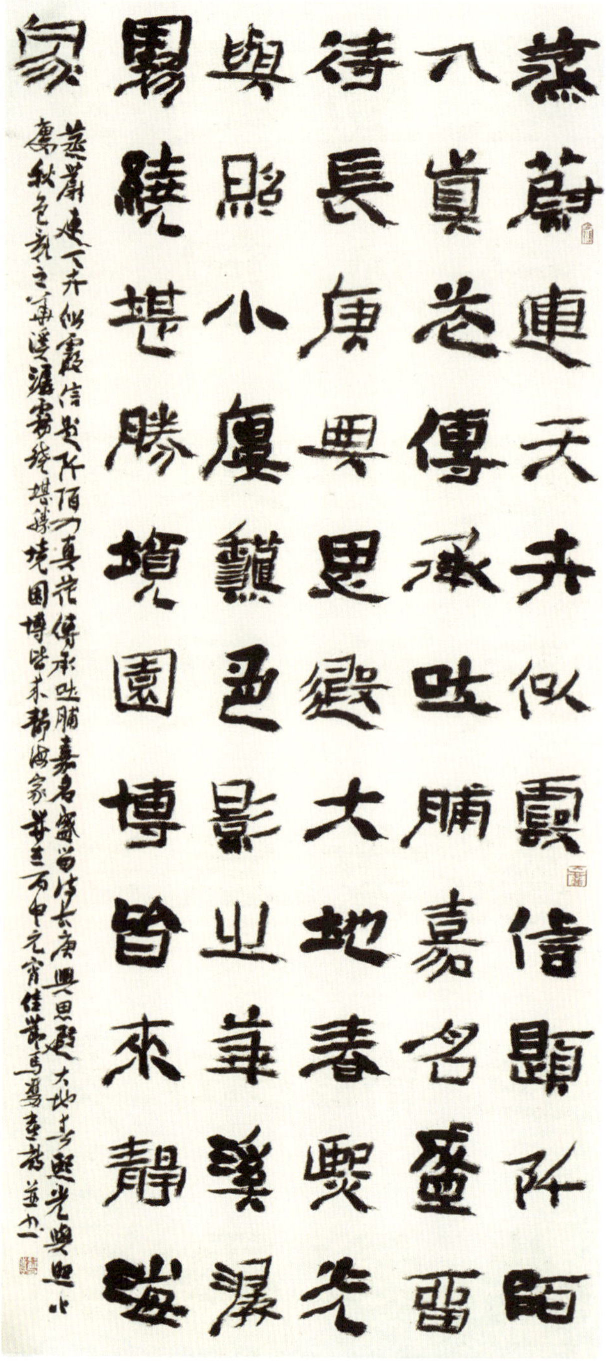

蒸蔚連天卉似霞，信題阡陌入眞花。傳承吐脯嘉名盛，留待長庚興思遐。
大地春熙光與照，小樓烁色影之華。溪潺霧繞堪勝境，園博皆來静海家。
自作詩　178cmX80cm

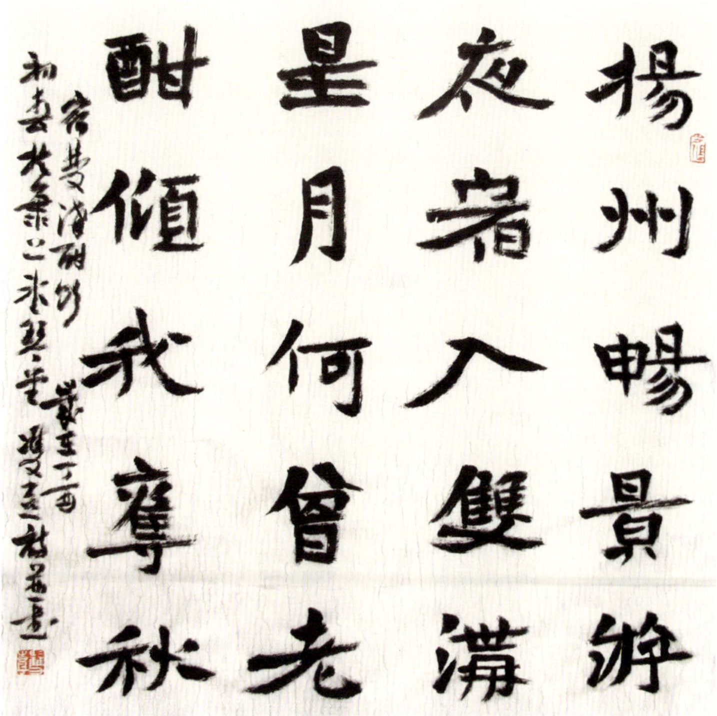

自作詩　68cmX68cm

揚州暢景游，夜宿入雙溝。
星月何曾老，酣傾我奪秌。

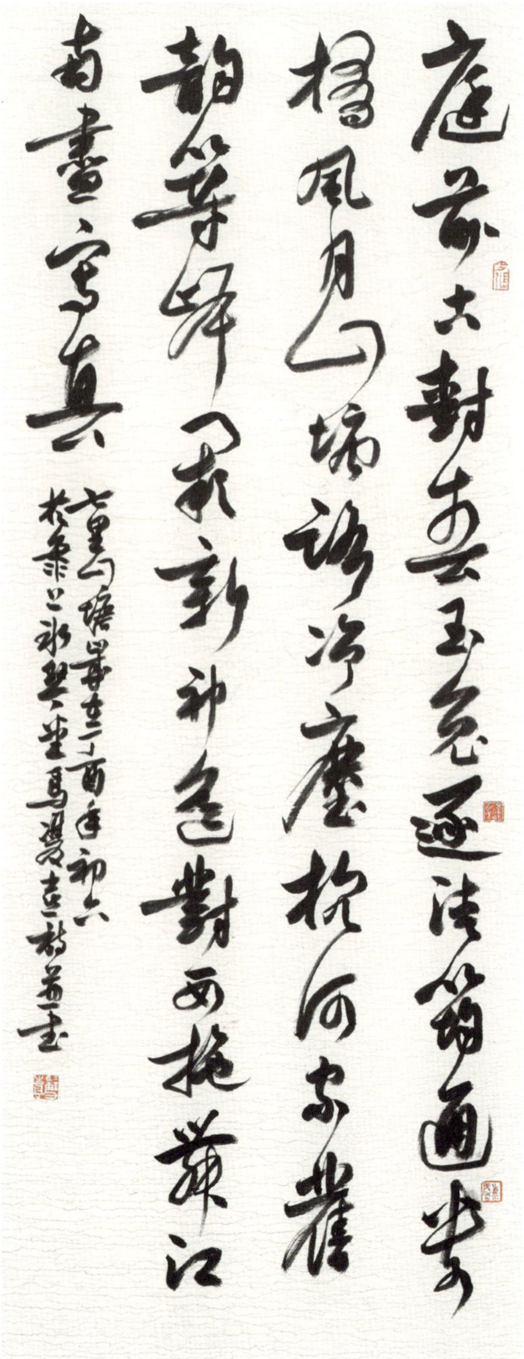

庭前古樹春，玉兔逐清筠。通貴橋風月，山塘路净塵。
枕河家舊韻，築岸闕新神。遥對西施舞，江南畫寫眞。
自作詩　178cmX80cm

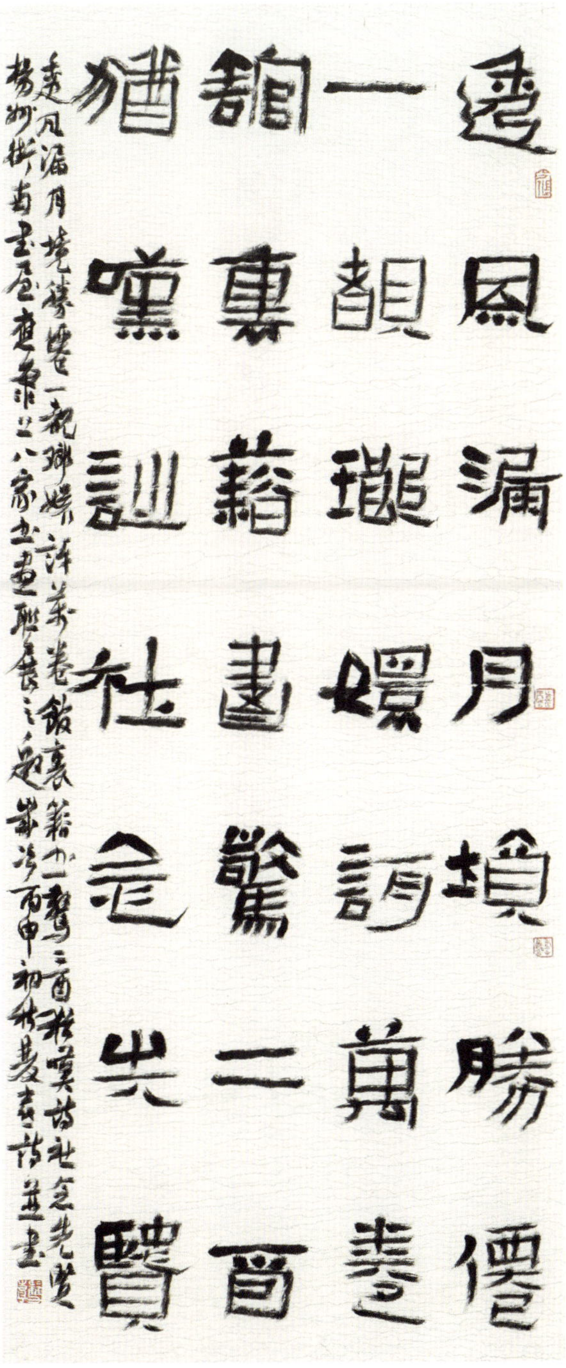
透風漏月境勝僊
一睹琅嬛訝萬卷
館裏籍書驚二酉
猶嘆詩社念先賢

自作詩　178cmX80cm

透風漏月境勝僊，一睹琅嬛訝萬卷。館裏籍書驚二酉，猶嘆詩社念先賢。

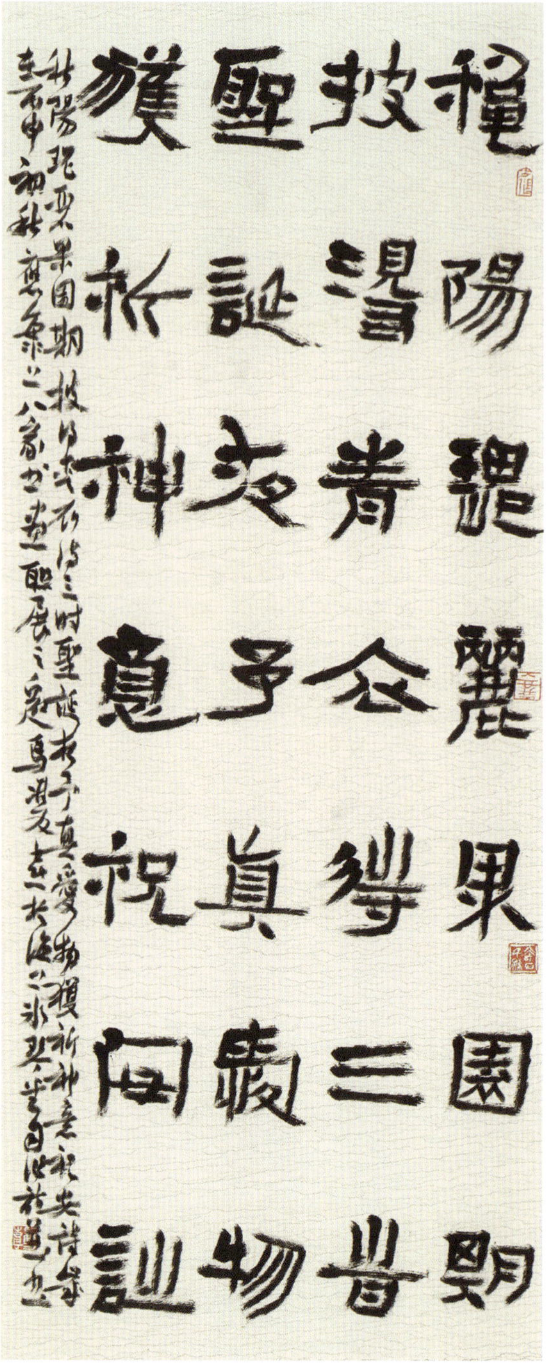

烁陽瑰麗果園期，披得青衣待三時。聖誕夜予真愛物，獲祈神意祝安詩。

自作詩　178cmX80cm

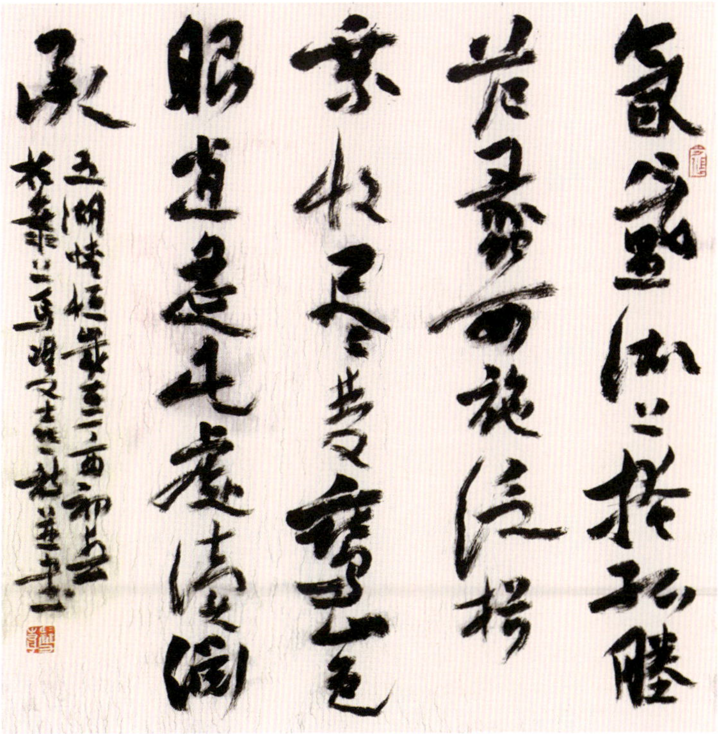

自作詩　178cmX80cm

氤氳湖上掩孤塍，范蠡西施泛棹乘。
收盡雙鸞山色眼，逍遥此處讀淵承。

卷一 五絕

寒梅

飛花入疎叢，明艷咲寒中。
來暎梅枝雪，還持月照空。

歲月如歌

西風昨夜狂，滿地落金黃。
甲子【1】驚回首，游兮藝道揚。

【1】甲子：60年一甲子。

夜宿雙溝

揚州暢景游，夜宿入雙溝。
星月何曾老，酣傾我奪烁。

海天一色

殘陽惜港灣，雲静晚霞閑。
海天齊藍色，鷗盟伴舞還。

游黃田溪邨

溪潺鄒伏波，鵝引客來歌。
幽徑尋常巷，無愁叟媪【1】多。

【1】叟媪：老翁、老媪。

魚樂

魚游暎暮池，蟬唱夜星時。
倦且催眠去，鷄鳴拂曉持。

卷二 五律

秦淮河偶作

殘雲帶雨連，何所復年年。
烽火尋常路，華燈照舊田。
仰聆名聖句，俯首哲賢聯。
漢水滋明月，江橋入影漣。

重上米芾冢

襄陽翰墨留，何止筆端休【一】。
拜石稱佳話，雲箋畫史烁。
千年隨倜儻，萬載乃風流。
並曲清潺水，臨江暎帶舟。

【一】襄陽：爲米襄陽，即米芾。

七里山塘

庭前古樹春，玉兔逐清�[1]。
通貴橋風月，山塘路净塵。
枕河家舊韻，築岸闕新神。
遥對西施舞，江南盡寫真。

【1】玉兔逐清筠：是月亮追逐竹林之意。

淮水醇韻

望楚載舟扶，香飄十里途。

千年瓊酒寘，一世玉人壚。

牛架牽坊廠，驢馱上帝都，

悠悠淮水韻，吟罷已傾壺。

炮仗紅

嬌柔萼若蓬，浮動闇香中。
萬朵醺明月，千枝醉惠風。
蝶花紅染盡，蜂起綠成叢。
疎影斜流水，青山着空蒙。

睡蓮

方塘惹灩輕，漪漩拂幽清。
蛙喜紅蓮坐，龜歡綠水行。
露篁山色潤，影樹月光瑩。
菡萏【1】浮香繞，凌波獨吐情。

【1】菡萏：荷花，即含花待放。

登南通狼山偶作

峯低壑偃湖，論道豈能孤。
虹綴千層疊，霞飛萬象殊。
晚屏浮嶽翠，夕照满江朱。
潮浴圓光蔚【一】，星遥隱楫夫。

【一】圓光蔚：太陽的別稱。

卷三　七絕

歙縣練江

漫道山花逸野香，葦叢漁曲疊聲揚。
春風吹盡平湖柳，又見江波影岍泱。

水僊二首

其一

百花紛綻又逢春，僊蒜何須和泥塵。
欲與紅魚相共處，還羞蕊曳水中神。

水僊二首

其二

成僊得水綻銀盤，賀歲寒香月下觀。
叢外清瑤爭競艷，牕前弄影盡人歡。

桃花

庭前春色盛芳開，風妬桃花點石苔。
柳絮紛紛何落處？殷紅朵朵綻詩來。

幽蘭

昨宵夜雨入花臺，忽訝清芳此處徊。
疑似青山幽谷在，月前王者共攜來。

牡丹

東風昨夜動僊容，魏紫姚黃五月逢。
問道相歡何所爲？醉傾人間寫奇峯。

櫻花

櫻花雨墮逐春開，追蝶兒童越上陔【1】。
綻放萬株天暎赤，吾心醺醉粉飛來。

【1】陔：田間的土崗子。

杜鵑花

去年今日友人逢，極目蒼山遍處紅。

蜀魄【1】啼傳無嶺遏，聲囬萬壑峽空中。

【1】蜀魄：指杜鵑鳥。

詠荷

其一

古漪僊子暎紅腮，霧鎖蓮池次第開。
忽出朝霞花鯉躍，濺飛圓葉萬珠來。

詠荷

其二

池上風徐動瀲漣，蜻蜓獨立小蓬顛。
舟梭川織驚天籟，碧葉叢穿看採蓮。

吟荷

晨蒸霞蔚滿瑤池，浮動朝輝折浸時。
合瓣捧蓬何處去？蓮生藕老已憐絲。

葵花

葵花盤燦似黃金，生性隨來向陽心。
流水風傾催筆墨，畫牕光照透桃林。

青海遲雪

明前寒食兩相期，飛雪梅紅是幾時？
慘淡愁雲凝萬里，朔風捲地喟【1】春遲。

【1】喟：嘆息。

大漠

孤煙大漠入雲遥，落日長河影似條。
穿越沙丘尋緑蔭，蒼蒼莽莽駱峯挑。

胡楊

無邊沙漠贊胡楊，銀粟蒼茫勿識疆。

戈壁矗神眞傲骨，惟知三不世名揚【一】。

【一】三不：胡楊樹千年不死，千年不倒，千年不朽。

滬喀情深

淵源兩地法書蹤，故友春風每相逢。
不覺酒酣關塹越，恰歡豪邁敞心胸。

五湖情恒

氤氳湖上掩孤塍，范蠡西施泛楫乘。

收盡雙鸞山色眼，逍遥此處讀淵承。

婺源春田

爲尋春蹟婺源來，知否梅田菜筓開。

蜂擁蹁躚【1】星海起，翩飛田間幾多垓【2】。

【1】蹁躚：旋轉的舞姿。

【2】垓：指壹萬萬。

驚世古築

紅墻黛瓦滿街樓，煙柳千條拂馬頭。
何始築成宮殿遺？驚天穿越史春烁。

痴耕

露濃苔上若冰晶，霜落籬旁剔透瑩。
不覺曉容今夜老，半痴半黠【1】藝耕縈。

【1】半痴半黠：半傻半聰明。

塔林殘碑

繽紛四月塔中林，殘字荒碑着意臨。
今日但爲禪寺客，別離猶念故人心。

顧村公園有感

其一

櫻花人面欲誰猜，絲管含情入耳回。
石破驚鷗湖影改，繞林驀地【1】晚霞來。

【1】驀地：陡然、頓然。

顧村公園有感

其二

園林游客若江潮，萬瓣紛飛勝雪飄。
花落奈何詩已至，銀濤翻滚鎖今朝。

天目湖有感

湖漪鏡碎泛舟花，影動篁摇暎白沙。
茅屋田園煙裊起，食魚不止話桑麻【1】。

【1】話桑麻：談論農事。

天目湖平橋石壩偶作

溧陽夜雨嶼橋淹，直瀉飄飛百尺簾。
似鏡如梳分壩上，相迎欲辨讀無纖。

天目湖偶作

霧濃彌漫鎖篁林，白鷺耆飛幾度尋。
湖上霞騰波影動，忽來風雨道如心。

十思園

十思園内竹林間，綠蔓纖柔繞上攀。
鳥隱翠叢春喚至，襲人紫氣漫天圜。

意臨《好大王碑》

朝夕臨池拙亦安，取之形易得神難。
早先兩爨【1】碑渾穆，人棄吾研道法寬。

【1】兩爨：魏碑法帖，《爨龍顏》《爨寶子》。

麗水古堰街

巷前菊鬱舊年樟，枕水眠風古堰旁。
乍歇傾聆連夜雨，甌江已入半清黃。

通濟堰

濱江曲巷鏡波前，極目群山翠疊煙。
通濟堰【一】流千載後，當年引灌慨先賢。

【一】通濟堰：位於浙江省麗水市蓮都區，是浙江省最古老的大型水利工程。

僊都鼎湖峯

仰止僊都鼎柱隆，疑峯此去入雲中。
猶聞雨後聲鳴瀑，神谷深潭溢達通。

神龍谷

杇株翠影碧苔荒，淴縱交柯旖旎光。
千尺石潭波泛漾，蒼茫谷澗白龍藏。

南尖巖天柱峯

天柱峯間涌冷泉，凌霄比翼擁堪憐。
巉巖倒挂松崖峙，有鶴來棲唳【1】絶巔。

【1】唳：鶴、雁等鳥高亢的鳴叫。

麗水南尖巖梯田

層巒疊翠入雲霄，猶若江波泛綠潮。
禾稼梯田蒼上慰，傍邨煙裊裕盈饒。

如皋水繪園有感

其一

山園徑曲恣幽尋，禊仿蘭亭竹石林。
煙雨落霞雲水色，猶聆小宛【1】撫琴心。

【1】小宛：董小宛

其二

蘭亭集序寘園東，鵝逐林深小院風。
冒【1】董【2】短歌魂夢守，猶憐才子老詩翁。

【1】冒：冒辟疆、冒巢民，據説就是《紅樓夢》作者曹雪芹。
【2】董：董小宛。

焦山碑林

殘碑風化繞成林，今古群賢相逐臨。
涉藝年華流水逝，坐禪捧籍月斜吟。

待渡亭

當年津渡岸過匆，今日亭中見客空。
但逝長江銀浪滾，唯留舊築古文風。

米芾中國書法公園

紹興米帖[1]世留時，正是登峯造極期。

吾愛先賢芾派畫，惜人未傳憾嘆之。

【1】紹興米帖：全稱《宋高宗刻米元章帖》。

韓愈不顧流俗廣招後學

韓公力改耻爲師，子厚【1】揚嘆犯咲痴。
圓滿衆生求學夢，抗顔從教世間知。

【1】子厚：柳宗元字。

觀韓愈紀念館有感

崇儀尚德育才機，駿馬常存伯樂稀。
識博舉賢不盡貴，儒家世代繼人希。

南通之行

驅程萬里碧空晴，卧看閑雲愜意行。
昨歇通州連夜雨，朝逢蕩葦透花晶。

雙鵲鳴祥

南園春早闔香來，雙鵲枝啼底事【一】催。

忽報遠懷佳客至，舍門次第納祥開。

【一】底事：何事、此事。

别樣情

草衡花圃露珠晶，芥卉同園别樣情。

留許緑茵扁鵲賞，凡人看似異常輕。

寒食

春風催我念懷親，細雨斜來翠柳新。
鶯舞蝶飛雙繞去，香爐霧裊遞冥銀。

濕地公園繡球花

繡球微捲倚園中，何事初心可訴衷。
一念江茫邊濕地，偶然乘興起花叢。

嘉定紫藤園

纖纖柔蔓繞長廊，窈窕繁花紫影徉。
忽地熏風吹客醉，嵐煙飄緲引詩狂。

蝶戀花

望春花醉百愁無，更見胭脂染露珠。
童戲呵驚雙舞蝶，風來柳絮滿城衢。

喜宴

雲樓顧盼吉輿望，歌舞華燈宴麗妝。
明月殷勤風拂語，酒酣歡喜鳳偕凰。

枇杷

綠樹花紅挂果金，八哥枝上勸吟今。
觥籌【1】未老星辰煮，清月呵誰入院深。

【1】觥籌：酒器和酒令籌。

太姥山

閩浙延綿太姥容，嶺巒覆鼎谷深峯。
山雄飛雪天添境，鳥瞰神工隱白龍。

揚州個園

風滿篁間逸少【一】鵝，個園四石四時歌。
疊亭三縱三行勢，我亦輕嘆易理和。

【一】逸少：王羲之。

揚州街南書屋

透風漏月境勝僊，一睹琅嬛訝萬卷。
館裏籍書驚二酉【1】，猶嘆詩社念先賢。

【1】二酉：大酉、小酉二山石穴中有藏書千卷之説。

揚州博物館

孤瓶遥影歷風揚，絶世明藍幸館藏。
龍躍戲珠滔四海，仰嘆元造復彷徨。

瘦西湖

垂柳欄邊水碧環，刊江【1】名勝似僊寰。

煙綃翠幕啼鶯語，猶念蕭聲玉女鬟。

【1】刊江：江蘇揚州。

十眼長橋

波暎煙橋月照廊，小樓悠處曲幽揚。
解憂已惘人何在，忽道蓮池畫舫郎。

端午思先賢

起伏連天漫麥黃，微風斜燕入深堂。
殞身社稷[1]投江盡，一册離騷[2]世間殤。

[1] 社稷：指國家。
[2] 離騷：爲屈原的長篇巨著，爲詞賦之祖。

建黨九十五周年

炎黃世紀聚精魂，湖上樓頭大業尊。
興國毋忘英烈祭，爲民立黨築基存。

咏蟬

蟬鳴高樹入深陰，獨抱驕陽噪密林。
此際最堪詩意趣，興來落筆對君吟。

紅蘋果

烁陽瑰麗果園期，披得青衣待三時。
聖誕夜予真愛物，獲祈神意祝安詩。

吳淞江堤上

皎月浮江幻影遥，浪馳無際裹銀潮。
魚翔鷺啄飛鷗掠，雜樹斜花濕地饒。

嵊州之行

其一

桐月驕陽嵊地游，避炎異處豈雲休。
漂流八級心驚處，把酒何堪念別愁。

嵊州之行

其二

夢寐漂流剡水【1】行，登臨高處倚欄情。
廿三險道楓飄落，白浪朱衣遍訝聲。

【1】剡水：嵊州。

火龍果【1】

橄欖身朱肉見芝，龍鱗甘露沁脾時。

待分子夜探花綻，羞掩黎明恐已遲【2】。

【1】火龍果：夜間九時至三時開花。

【2】子夜：晚11點鐘到凌晨1點鐘。

晨釣

曠然神遠翠無埃，赤日銀河破霧來。

白鷺臨湖魚躍去，釣徒穿葦起驚徊。

天曲黃河頌

盡染雲霞翠嶺開，黃河一曲自天來。
懸鈎日暮桑榆【1】晚，鬥酒千樽賦費猜。

【1】桑榆：指日暮，喻指隱居田園。

浪士當國家原始森林

步入林深澈水灣，清涼境界已無間。
雲煙光紫樓臺府，鳳舞鸞飛廓上還。

紀念孫中山先生誕辰一百五十周年

博愛仁慈帝象尊，承明匡復轉乾坤。
赤誠此去憂新國，民聚精魂世代存。

宜嘉湖庭

鎖溪一帶繞宜嘉，極目湖庭蔚似霞。
晨訝清音枝上鳥，僊居勝境乃吾家。

宜嘉湖庭花園偶作

煙柳飛虹跨玉樓，亭臺掠影瀑明幽。
禹山萬籟何曾寂，一夜河清入海流。

高麗宴

朝鮮莊上酒開懷，商女風情裊娜來。
歌舞殷勤豪宴景，管弦驚動已徘徊。

朝鮮飯店

高麗人家築藝臺，婆娑商女鼓聲來。
豪門偏處歡歌會，猶伴尋常管樂倈。

祝中國墨子衛星發射成功

量子初求玻爾研【1】，道宣禪定啓知翩【2】。

疊加坍縮兼相對，墨子巡天舉世先【3】。

【1】量子：是愛因斯坦和玻爾創始首研。

【2】道宣：是佛學相關人物。

【3】墨子：是世界最領先的新研發衛星。

杭州G20峯會

聚峯廿國武林【1】開，應曲天鵝水上來。

艷絶煙花驚炫客，斷橋應攏合源財。

【1】武林：杭州的别稱。

湯池温泉

月摇波語共瑶池，粼動銀條水上絲。
一曲倚橋深入處，肥城僊境待歸遲。

相思園

王臺新咏木蘭辭，蒲葦堅盤韌若絲【1】。
相隔誓卿天豈負【2】？聞芝投水絶庭時【3】。

【1】《王臺新咏》：中國古今第一長詩。
【2】卿：爲焦仲卿。
【3】芝：爲劉蘭芝。

白雲禪寺

白雲禪寺獨探幽，三世前身佛法修。
古杏仰天嘘慨盡，百年轉處豈存留。

葉舟姥山島

姥山風闊數湖舟，登塔圍欄眺遠流。
鷗鷺翔隨帆影去，雙鞋遺處景堪留。

登文峯塔

文峯塔上問三亭，南麓灣前險過經。
遠眺山嵐飄渺影，猶嘆逸興入滄溟。

天水一色

巢湖風物自成詩，碧水天遥欲往時。
歲歲催舟不可至，方知上下色同持。

賀天宮二號發射成功

天宮今夜再巡游，應遇嫦娥淚雨流。
喜悦此時金桂獻，桑田滄海好吟烁。

晚眺秦淮河

夢繞秦淮水泛舟，黃金葉落已驚秌。
素樓一帶臨河起，燈火闌珊艷蹟留。

薈蘭軒

泗塘河畔薈英賢，茶煮甘泉品似僊。
馥桂茗清香自異，月光暎帶水漪漣。

鳥瞰暮色

日落騰暉極若虹，矯龍入海暎波紅。
滿城燈火繁花景，弦月如鈎影夜風。

月夜漁舟

月下潮來發扁舟，耀銀淮水浪不休。
鱸魚滿載携城市，港口帆揚引白鷗。

霧客留

旭騰疑似玉輪明，晨霧初冬鎖日程。
夜宿楚鄉淮水岸，枕河聽罷入眠聲。

朱家角二首

其一

微風翠柳蕩輕舟，湖上魚翔引白鷗。
煙雨樓臺迷景色，蓮池葉動綻苞羞。

其 二

千年珠里【一】舊風尋，古築樓臺羡煞今。
長巷轤聲司早鐸，放生橋上踏痕深。

【一】珠里：朱家角的別稱。

蘆痴

浩瀚波濤遂月滋，濯清澤地潤天時。
長江欲吐珠銜沁，無際灘蘆着我痴。

萬卉英

一水間搖萬卉英，蝶飛蜂舞忒多情。
繽紛四季皆春意，隴上風微已醉傾。

鷹

青霄凌厲碧空尋，烁氣千崖白水臨。

遠野兔狐驚疾草，鷹飆金爪入松林。

一夜河鷺歸

滿庭流韻帶湖山，更向河波逐日還。

極目丹楓如暎鏡，魚翔歸引鷺棲閑。

痴染丹青

落昇日月自東西，竹樹湖山墨鴈棲。

元谷丹青痴盡染，入神不覺曉晨鷄【1】。

【1】元谷：我的齋號。

丁酉元日

桃符【1】書盡吉門開，歌舞屠蘇【2】飲閣臺。
爆竹春聲隨夢曉，寒梅香自北庭來。

【1】桃符：古人在辭舊迎新之際用桃木板分別寫上「神荼」「鬱壘」二字的名字，或者用卼畫上二神的圖像，懸挂、嵌綴或張貼於門首，意在祈福滅禍。
【2】屠蘇：古代一種酒名，常在農曆正月初一飲用。

黄山飛來峯

白雲谷出鬼神工，天外飛來此嶽中。
上帝運峯如弈布，傲然人世是僊翁。

雪舞吟

枯蓬仰望六花【1】飛，風疾煙雲雨斂霏。
天地盡皚無晝夜，蓮塘清寂幾多歸。

【1】六花：雪的別稱。

白水洋鴛鴦溪景

山巒銀雪漫雲潮，崖挂冰簾若幔瑶。
踏蹟鴛鴦無處去，隆冬皚景鎖今朝。

屏南雙溪古鎮

紫城兩寺【1】二廊橋【2】，佛教傳承五代朝【3】。

祠巷盤居不盡數，雙溪疑是唱民謡。

【1】兩寺：九峯寺、寶林禪寺。

【2】二廊橋：勸農橋、迎恩橋。

【3】五代朝：佛教傳入境五代。

夜游潮州西湖

亭燦西湖夜色期，泉噴涌動泛漣漪。
榕如環捧波粼月，星爍皆來鏡【一】上嘻。

【一】鏡：天上星月皆倒暎在平静的湖面，如若鏡子般。

殘荷勝似甲骨文

葉圓如傘滿方塘，盛荷枯萎藕泥藏。
驚現殘蓮神似字，自然穿越史淵長。

西湖霽景

斜飛片片六花【1】飄，冰雪茫茫見斷橋。
舟橫白堤齊簇靠，遥看皚皎點紅嬌。

【1】六花：雪的别稱。

天之道

穿霾破霧駕濤悠，藍海銀河入道疇。
雲上日昇雲下雨，舉眉見待一飛鷗。

萊子侯刻石

天鳳奇瑰刻石持，籀熔化篆隸新姿。
漢家野逸隨心蹟，好古婆娑咲我痴。

登興隆塔有感

興隆古剎萬人朝，圯【一】塔催來母子驕。
遠眺憑欄風物盡，佛成舍利寘雲霄。

【一】圯：橋。

觀福建土樓有感

積翠群巒祖脉延，巧工奇築仿天圓。
四時春在逍遥歲，滄海桑田念古賢。

山裏訪客

峯巒為島聚雲瀾，十里香隨識壑蘭。

訪客禪房歸岫【1】至，風光旖旎入琴端。

【1】岫：爲山洞。

卷四　七律

黄山頌

黟山【1】缥渺積雲舒，薄霧昇騰日始初。

泉涌碧池疑翠玉，瀑飛雪練促詩書。

壑溝徑曲呼君至，巔嶽奇松送客徐。

絶頂登峯隨我佇，放懷吟罷豈删除。

【1】黟山：秦朝古稱，唐明皇賜黟山爲黄山。

南通緑博園

蒸蔚連天卉似霞，信題阡陌入眞花。
傳承吐脯嘉名盛【1】，留待長庚興思遐【2】。
大地春熙光與照，小樓烁色影之華。
溪潺霧繞堪勝境，園博皆來静海家。

【1】吐脯：爲周公吐脯。
【2】長庚：爲魯迅的筆名。

咏春

萬川新柳拂亭前，春水陂深淺半邊。
枯地風號荒世界，長天雪舞兆豐年。
梅枝逸氣崖前道，梨樹分星宅後田。
欲問人間何暖始，還聽布谷唱翩躚【1】。

【1】翩躚：飄逸飛舞貌。

揚州二十四橋

白石【一】簫聲念古悠，江遥月暎緑裙留。
走堤極目山凝碧，踏岸還聞鶴唳幽。
廿四橋邊人舊影，瘦西湖處蹟新游。
此身應合揚州住，湖上誰堪拂逝流。

【一】白石：南宋文學家、音樂家姜夔的號。

朱家角偶作

千家煙火井鄰鄉，畫舫三更研與商。
高捲竹簾花樹影，静陳端硯墨池香。
鵃飛水榭驚雷起，琴撫空軒動雨涼。
星燦月明肝膽照，鴈征萬里入風翔。

大美吴淞

昆侖之水向東流，登眺粼波涌未休。
汽笛驚飛鳧遠逝，風帆佇立鷺長留【1】。
葦擊鼙鼓游魚急，菊染霜寒促織悠【2】。
我亦濱江橋上客，寄情入畫語千烁。

【1】飛鳧：驚飛的野鴨。
【2】促織：蟋蟀。

雪漠

風狂漫磧雪停氈，枯木穹隆散若僊。
曲露半梯坡半陡，迂迴千折繞千顛。
長河照暎皚沙地，大漠荒蕪緑蔭天。
暮色茫茫銀樹海，駝鈴寂處見人煙。

初始酒釀

鴻蒙初立酒何來，溝上猿熏歪態囬。
古木猴攀多遺躍，亂花蝶舞盡徘徊。
不爭鷸蚌悠閑景，還放牛羊動靜埃。
百果歸携深洞腐，饞香酣飲各自呆。

饒島

知否瀛洲【1】碧浪流，恍如僊島長江留。
魚蝦暢樂翔飛躍，鸞鳥棲鳴鬧不休。
日暮歸帆艙耀雪，星晨場谷庫歡稠。
無垠饒地皆靈物，滄海桑田任我游。

【1】瀛洲：崇明島。

人瑞鄉

海闊瀛洲【1】遠葦藏，風光摇曳近梅香。
學宫西府書聲朗，禪寺南鼇梵盤揚。
聚合陔【2】坡羊兔跳，集群濕地鷺鷗翔。
翠篁催動彌清韻，人瑞天存識壽鄉。

【1】瀛洲：崇明島。
【2】陔：田間的土崗子。

東方葵園

金葵盤向火輪依，新就黄妝着薄衣【1】。
存舊戲臺知地理，復原海碗曉天機【2】。
琴宫詩賦融通存，書院丹青合璧歸。
絳萼群芳常有幸，傾陽心赤未矜非。

【1】火輪：爲太陽。
【2】海碗：是個典故。

跋

縱觀歷代唐寅、董其昌、齊白石等大家皆能詩畫合璧，畫中有詩，詩中有畫，實乃文人畫家已臻絕境也。惟右軍《蘭亭序》、東坡《寒食帖》書文契合，寥若晨星，高山仰止，求之何其難也。余少時，即心慕古人，鍾意書畫，于楚辭、漢賦、唐詩、宋詞之屬，皆嚮往之。

癸丑年，余時逢插隊務農，磨礪筋骨，風霜歷練，日勞作以活口，夜則詩書以怡心，曉稼穡之艱辛，悟人間之正道，得益亦良多，受用足可一世也！故數十年來，矢精專心，篤志不移，常於硯池之畔，深感舊體詩之音韻與書畫筆墨之氣韻，交相輝映之魅力，猶如充溢人生情感之交響樂矣。

乙酉年經友人舉薦，吾入寶山區文化館就職，如魚得水。虞舜曰：「詩言志。」孔子曰：「志之所至，詩亦至焉。」莊子曰：「詩以道志。」荀子曰：「詩言是志也。」可見詩即是人之志向也！人無志不立，有志者事竟成。此亦吾儕數十年來有所吟誦，未敢輕易言棄之所在也。宋陸遊嘗有教子習詩云：「汝果欲學詩，工夫在詩外。」信然。故得暇外出采風、寫生之際，親歷吾國大好河山，名勝古跡及景物，觸景生情，有感而發，吟詠之餘，所獲良多。

丙申歲，上海市文聯黨組書記尤存在上海書協年會講話中宣導：「我們書法家要寫自己的詩詞。」時值中華傳統文化復興之刻，一語觸動吾之心靈。在吾師上海書協周志高主席鼓勵下，旋即自數十年來所積數百首詩稿揀選，獲麟一百三十首編集付梓。其間幸得上海詩詞學會會長褚水敖，著名藝術評論家、詩人朱來扣兩先生指點，惴惴不安之情，遂心如止水也。

余少時酷愛江南絲竹，研習二十餘載，曾數度登臺演奏。後因苦無琴房而棄之，冷落之極似冰結。所謂冰琴斯懷，深以為念，遂寄之冰琴堂為號也。

今值《冰琴堂吟稿》出版之際，誠謝上海錦佳裝璜印刷公司李良鋼先生所作鼎力支持！感謝朱來扣先生為本書作序！感謝上海三聯書店出版社陸雅敏編輯為本書所做出之辛勞。

余雖吟稿如斯，尚祈同道方家不吝賜教！

是為跋。

二〇一七年三月　馬雙喜於滬上冰琴堂